청어詩人選 406

그늘진 언덕에도 꽃이 핀다

은슬 김희순 시집

청어

그늘진 언덕에도 꽃이 핀다

은슬 김희순 시집

살아가다 보면 뒤안길에서
땅바닥에 주저앉고 싶을 때
번뜩이는 시 한 줄이
잠자는 영혼에
생기를 불어넣어 주었다
첫 시집을 펴내면서

2023년 가을
은슬 김희순

차례

2슬 나를 위한 밥상을 차리며

3슬   바람 품 안

4슬 밤에 피는 꽃은 붉다

5슬   해가 갈수록 저녁노을은 불타고

첫눈에 반하다

첫사랑 같은 설레임 다가와

비상을 꿈꾸며

뜨락을 배회하는 파랑새 한 마리
밀폐된 공간 속에서 담장 밖 꿈꾸며
정지된 페달을 밟는다

땅바닥으로 곤두박질 서너 번
거꾸로 살아가는 세상 속으로
한줄기 펴는 빛
잠자고 있는 날개를 펼친다

푸드덕 활짝
중년의 깃을 당당히 세우고
이제 막 비상 중이다

갑천의 여울
-제21회 전국샘머리백일장 수상작

자욱한 새벽을 밟고 내린 천변
맨발로 마중 나온 꽃 무리
발걸음 따라 피는 미소는
물줄기를 끌어당긴다

황금 잔디 언덕 위 오가는 잠자리 날갯짓
갑천의 여울을 쪼아대며
오르락내리락 뜀박질하고 있다

가을을 밝히는 꽃불
바람 앞에 맞서는 들꽃
물줄기 따라나서는 물새는
무리무리 노래 꽃이다

바람은 오래된 기억을 끌어낸다
저 강 건너 하늘 닿는 곳 꿈에 그리던 어머니
장독대 맨드라미 붉어지고
뜨거운 숨결 풀어내는 갑천
아픔을 품고 간다

대추나무 그늘에서

대추나무 이파리 바람에 나부끼던 날
장대 같은 아버지 가을에 펄럭인다

끼니도 모르고 문밖에 계셨던 그림자가
육 남매 앞에서 그렁그렁거린다

빛바랜 치마폭 방패가 되어준
어머니의 숨결도 가늘게 자리 편다

대추나무가 곁눈질하는 사이
어릴 적 꼬깃한 푸른 시절이
가을 들판 위에 소금처럼 눈부시다

빈집

거름더미처럼 고립된 배추들
석양 그림자 밟으며
고향 향한 발걸음 따습다

굳게 닫힌 문 빠끔히 들어가니
냉고래 같은 구들장 어머니 자리
주인 없는 헌신짝이 애써 지키며
습기 머금고 곤두박질 서너 번

팽팽하던 빨랫줄
허공 속 만세를 부르고
김장철쯤 오실 줄 알았던 그분
강아지만 뜰 팡 아래로 내려와
덩그런 집을 통째로 삼키고 있다

돌아서는 발걸음
찬 서리 맞은 호박잎처럼
뒤뚱거렸다

배롱나무 앞에서

숨이 목까지 차오르는 폭염 속
옹색한 공간을 버리고
두 팔 벌리고 서 있다

오고 가는 이 없어도
수행하는 부처님 같은 심성

꼬부라진 발걸음 따라
들어오는 엷은 미소가
선물이다

새 한 마리
이슬도 마르지 않은 아침 창가에서
알 수 없는 법문으로
주문을 외우고 있다

그냥 눈물이 난다

돌이켜 보면 딱 내 나이
아버지 멀리 보내고
골방에서 치마 한 폭으로
자식의 방패가 되어주신 엄마

엄마의 손마디가
추운 겨울을 넘지 못하고
별처럼 깜빡깜빡
머리를 쓰다듬는다

엄마
부르면 이슬 같은 눈물 떨어지고
만지면 썰물처럼 거품으로 사라져
아득히 기차 소리 들린다

산딸기 멍울지는 날
떠오르는 그림자 하나가
하루해를 넘기지 못하고
문밖에서 떨고 있다

겨울 냉이

하루가 저물어가는 길목에
푸르다 못해 누렇게 뜬 얼굴이
물그림자처럼 떠오른다

한파에 생활용수 터져 나오고
냉기도 꺾일 줄 모르는데
겨울 한복판에서 걸어나오는
그녀가 기세등등하다

지그시 눈 감고 뿌리 내린 삶이
머지않아 피어오를
봄 향기 그리며
고단한 하루를 잠재우고 있다

인연 하나

밖에는 꽃들이 한창
프라이팬을 달구며 오르락내리락
온도가 높아갈수록 깨알 같은
알갱이 아우성이다

타오르는 불꽃을 조율하며
나지막하게 내려다볼 때면
이탈한 궤도만큼
소리 없이 돌아오는 인연

봄꽃보다 고소한 향내가
산야를 덮는다

산수유

아침이면 엄마 손을 놓고
노랑 손수건 흔들며
버스에 오르는 세 살배기 아이

새싹 같은 눈망울 뒤로한 채
여유의 쉼표를 찍고
산수유 같은 꿈을 꾸며
한 그루 희망을 심는다

내 안에 들어오는 점 하나가
가슴으로 내려앉아
샛노랗게 피어오른다

못다 핀 연꽃

햇살이 부서지는 오후 한나절 숲길을 가로질러 걸었다
풀꽃들은 저마다 태양 빛을 견디지 못해 마냥 고개를
떨구고 있었다

저기 보이는 호수 안의 정자나무 그 밑으로 물고기 한
마리 꿈틀거린다
태양 빛에 그을린 둥근 잎들이 묘혈처럼 모여 고단한
여름을 잔뜩
등에 지니고 있다

바람 불어와 출렁이는 구름다리 사이로 황연꽃 한 송
이 둥지를 틀고
밀려오는 파도처럼 하얗게 웃고 있다

너에게 한 수 배운다

같은 울타리 안에서
가족처럼 지내 온 십년지기

말을 못 해도 입 모양 보고
그림자처럼 따라다닌다
날이 갈수록 한 사람이 되어가는
보금자리

혼자 나서는 등 뒤를
빤히 바라보는 눈동자
헤아리지 못하는 속내를 알기나 할까

찬 바람 불어오는 가을 녘
작은 태동 소리
무언의 대화로 두 손을 잡는다

무심코 던진 말

오래간만에 도란도란 던진 말이
돌이 되어 날아온다

설익은 보리밥을 씹고 씹어도
넘어가지 않고 가시처럼
목에 걸려 탈이 나고 말았다

말에 베인 상처 만지면
고름이 되어 욱신거리고
형체도 없는 씨앗 같은 알갱이
밤새 잠을 깨운다

가까울수록 다가갈 수 없는 꽃잎처럼
발아래 새싹의 숨소리가
멀리서 아픔으로 들려온다

죽는 날까지 꽃으로 피어나다

산골짜기에서 하나둘 잎새가 내려와
봄볕을 먹는다

꽃도 피우지 못하고
향기도 없이 살아온 시간 속에서
찔레순 같은 발자국 남기고 떠나가는
씹으면 씹을수록 가슴으로 내리는
물줄기가 동그랗게 맺힌다

밤마다 말 못 할 사연을 그리며
죽는 그날까지
달맞이꽃을 피운 어머니

하나둘 고빗길에서

앞만 보고 걸어온 푸르고 푸르던 날
돌부리에 걸려 찾아온 고빗길

밤새 토하고 밀물처럼 찾아드는
어둠을 밀어내며 손을 저어 보아도
사방이 불 꺼진 무인도처럼
어제오늘이 길다

한낮의 꽃들이 별처럼 내리고
눈을 감고 걸어도
눈을 뜨고 뛰어도
발아래 웅성거리며 피어나는
꽃들이 희망이다

지갑 속의 비밀

책상 위 네모난 지갑이 납작하게 누워
숨이 가쁘다

고단한 하루가 실밥처럼 풀어지고
열사흘은 굶었는지
허기진 배와 잘록한 허리가
파김치 되어 잉잉거린다

퇴근길 오르는 남편을 보라
문밖에서 내려놓지 못하고
지갑 속에서 솔기 풀린 빗줄기가
내리고 있다

詩 한 줄이 봄을 깨우다

밤새 벽을 오르고 내리며 기다리는
누에고치의 하루가 길다

먹어도 긴 잠을 누리며
헤아려도 알처럼 깨어나지 못하고
실타래를 고집하며 살아가는
시간을 풀어 놓는다

등 뒤로 내리는 한 줄기 빛
섬광 같은 詩 한 줄이
긴 잠을 깨우고 있다

일탈을 꿈꾸며

유리 상자 속 물고기가 밤하늘을 보며
유영한다
오르지도 내려가지도 못하는
상자 속에서
둥근 궤도를 넘어가지도 못한 채
납작 엎드려 두 손 모은다

채송화처럼 나비 되어가는
검붉은 밤이 지나간다

창가에 길게 들어오는 햇살이
먹어도 손가락 저어 보아도
허기가 진다

나를 위한
밥상을 차리며

하얗게 쏟아져 내리는

어 머 니

그늘진 언덕에도 꽃은 핀다

오래된 화분을
들었다 놓았다 수십 번 구석에
밀쳐 놓았다

사계절이 오가며 비는 내리고
소리 없이 피어오른
나비 같은 꽃봉오리가
그늘진 한쪽을 비추며
보라색 눈망울을 깜박거린다

뒤켠에 숨어 있는 키 작은 꽃도
누군가의 발소리를 들으며
살아간다는 것을
꽃으로 보여준다

당신이 없는 자리

반백이 되도록 오른팔만 의지하고 살아온
시간이 숲을 지나간다

밤이고 낮이고 너 없이는 한 발짝도
떼지 못하고 살아온 시간
왼팔을 지팡이 삼아 걸어가고 뛰어도
시간의 굴레를 넘지 못하고
오른팔을 거울삼아 살아가는 하루가
길고도 멀다

멀리서 기차 소리 멀어져 가고
불러도 되뇌어도 대답 없는
당신이시여

나를 위한 밥상을 차리며

어젯밤 못다 한 일들이 이른 아침을
부산하게 깨운다

부엌에서 끓이고 볶고도 모자라
아침부터 동동거리며 숨차게 오고 가는
어제와 같은 밥상을 그리며
부서진 마음까지 올려놓고
오늘 하루 나를 위한 밥상을 차린다

아카시아 흩날리는 오후 한나절
하얗게 쏟아져 내리는
어 머 니

아카시아 그 길에서

길을 걷다가 한참을 서성이며
그 시절을 본다

올려다보면 볼수록 눈이 부시는
포말 같은 발자국 하나둘 남기고
바라보고 돌아서도 그 자리에서
하얀 그리움 풀어놓는다

시간이 가고
저녁해가 저물어갈수록
짙어만 가는 향내가
긴 여운으로 남는다

상추밭에서

손바닥만 한 상추에 고기 한 점과 씀바귀
햇살 한 줌까지 먹는다

엉키고 찢겨나가도
깨알 같은 아픔까지 싸매는 계절이
푸른 물결로 출렁거리며 건너와
봄꽃으로 사방 흩날리고 있다

어젯밤 밤잠을 설친 발자국이
고랑 고랑마다 일어나
가뭄에 내리는 단비 같은
어 머 니

보랏빛 엽서

멀리서 봄바람 따라 찾아오는 꽃잎
손끝에 닿는다

눈길 멀어질수록 발자국 따라와
어젯밤 못다 한 사연 나누며
강물에 실처럼 풀어놓은 보랏빛 향기
들녘을 덮는다

불러도 되뇌어도 돌아올 수 없는
그리움은 강물로 떠내려가고
햇살 가득한 오후 봉당에 앉아
대답 없는 연서를 쓴다

반쪽 같은 사람아

개울가에 까망 운동화 반쪽이
돌아다니고 있다

한때는
두 손 잡고 골목길을 누비고
밤길 걸으며
뒷굽 닳도록 지난 시간을
되돌리기도 했다

걷지도 못하고
떠내려가지도 못하고
누군가의 손끝을 기다리며
외발로 서성이고 있다

꽃도 한때다

팔뚝이 굵다고 감추며 살아온 어느 날
청춘의 아들이 어깨를 주무르며 던진 한마디
왜 이렇게 팔뚝이 가늘어졌어요
가슴을 치는 빗금에
물방울이 동그랗게 맺힌다

되돌릴 수 없는 시간 속을 달리며
비 내리는 겨울날에
저녁 하늘을 바라보며
새봄을 기다린다

녹차를 마시며

무겁고 둔탁한 찻잔 부딪치는 소리
가을이 먼저 와 앉는다

멀어져 잊고 살아온 그림자가
뜨거운 차 앞에서 한참을 서성이며
발아래서 꼬물꼬물 거린다

찻잔이 흔들릴수록
떠오르며 밀려오는 엷은 웃음소리
찾아드는 사랑의 갈잎 한 잔을
마시고 있다

나주곰탕집

펄펄 끓는 뚝배기에 이른 가을을
한 사발 먹는다

여름 동안 무릎 꿇고 달궈낸 국물이
눈물처럼 하얗게 떠오르고
반입 베어 물은 살점을 씹고 되씹어도
넘기지 못하고 가시로 남아
입안에서 맴돌며 밤새 꿈을 꾼다

계절이 바뀌어 가을이 오는 길목에서
소리 없이 잠을 깨우는
뚝배기의 곰탕 같은 아버지 목소리가
가늘게 들려온다

낮은 곳에서 향기가 난다

여름날
열십자의 다리를 꼬고 앉아
배가 남산처럼 보이는
쓰레기 봉다리 하나가
숨을 헐떡이고 있다

씻어내고 밀어내어도 손끝으로 따라오는
보이지 않는 사람 향기
시간이 가면 갈수록 진하게 머문다

엄마의 기억이 바람처럼 지나가고
늦은 저녁 무렵
낮은 곳에서 향기가 난다

상수리나무 아래서

논두렁 길이 열리고
바람 부는 언덕에 상수리나무 반긴다

개울을 지나 숨 가쁘게 달려간 자리
고만고만한 꽃들이
신작로에 먼저 나와 손을 흔들며
밝히고 있다

가지가지마다 잔물결로 가득한
먼 길 걸어온 상처들이
햇살 이기지 못하고 곤두박질하며
허물을 벗고 있다

상수리나무 아래는
어머니 같은 길이 있다

아픔

허물이 한 꺼풀 벗겨져 꽃잎처럼 떨어진다
남은 상처를 붕대로 싸매고
겹겹이 덧칠하며 살아가는
물집이 욱신거린다
밤새 뒤척이며 맞이하는 하루가
여름날 장마처럼 길다

햇살을 마주하며
바람 불면 부는 대로 꽃등을 켜고
비 오면 오솔길을 벗 삼는 소소한 인연이
힘주는 6월이 붉게 타오르고 있다

부부의 날

화려한 진열대 조명 아래 소곤거리는
신발들이 발을 구르고 있다

모양은 같아도 색감과 문수가 천차만별
보면 볼수록 알 수 없는
자로 재보고 돋보기로 확대해 보아도
거짓과 진실을 알 수 없듯이
곤두박질하며 살아가는 어제오늘이
흑백사진처럼 지나간다

오월 끝에 널브러진 신발을 정리하며
둘이 하나 되어 반짝거리고
서로의 등이 되어 함께 걸어가는
너와 나의 그림자를 밟는다

한 장의 수채화

가을이 지나가고
겨울 난간에서 홍시가 눈길 준다

밤길을 오가며 달빛처럼 발등에 내려와
선홍빛 가슴을 내주고
저편으로 멀어져 가는
은행잎 되어 날린다

겨울 길목에 수채화로 남아
바람에 펄럭이고
돌아오지 않는 시간의 비밀을
마주하고 있다

떠나는 뒷모습은 아름답다

여름 내내 빼곡하던 이파리가
바람 불어 휘청거린다
고운 두 손을 흔들며
오고 가는 발길을 배웅하는
계절 앞에서
시간의 태엽을 감는다

고봉밥 양식을 내어주고
홀연히 떠나는 뒷모습이
해 질 녘 단풍처럼 아름답다

촛불을 켜며

강추위에
어둠을 밝히는 촛불 하나가
흔들리고 있다

바람 불면 부는 대로 두 손 모으며
꽃잎 되어 타오르고
헝클어진 머리카락을 매만지며
촛농처럼 흘러내리는 가슴 한켠을
흔들어 깨우고 있다

오래전 불 꺼진 온돌방 위에
별밤은 내리고
찬 바람 불어오는 골목길에
눈이 쏟아지고 있다

섬초

바닷바람 마시고 산 넘어 달려온
푸성귀 한 다발이다

펄펄 끓어오르는 가마솥에서
데쳐져 퍼렇게 숨이 죽을수록
고집 하나로 살아온 목소리가
살얼음판 같은 하얀 세상에서
두 팔 벌린다

눈보라 휘몰아치고 어둠이 내리면
고드름처럼 팽팽해지는 저녁
겨울 한복판에서
아이들이 눈싸움을 하고 있다

삶의 바느질을 짓다

어김없이 찾아오는 대식구를 위해서
마른 손이 분주하다

밥물이 흘러내릴수록 뿜어내는
깊은 물줄기는
한 발 두 발 뚜껑이 열릴 때까지 기다리며
뒷걸음도 없이
추 하나로 버티는 오늘도
해는 저문다

온천지 부스러기 같은 조각을
하나둘 끌어모아서
긴긴밤 삶을 디자인하는
부처 같은 당신

바람 품 안

누구인가 내 살갗을 부비고
입맞춤 하고 지나갈 때

속울음

새벽을 엄습해오는 빗줄기
끝없이 내린다

산천을 들썩여
밤새 토악질하고도 모자라
웅웅거리며 봇물이 넘친다

새벽이 지나고
언제 그랬느냐는 듯
동그랗게 떠오르는
아침 햇살이 해바라기꽃 같다
비둘기 한 마리
젖은 날개를 펴고 있다

능소화

피고 지고 떠난 자리 담장의 주인 되어
여름을 등지고 있다

한곳을 바라보며 오직 한 사람을 위해
불 밝히며 살아가는 길목에서
넘어지고 일어나 노랗게 피어나는
벌 나비 되어 하늘을 넘나든다

한낮 폭풍우가 쏟아져 내려도
안개비 같은 하늘을 벗 삼아 걸어가는
저녁노을처럼 세상을 오롯이
물들이고 있다

여름밤에 달빛처럼 찾아와 대낮 같다

공중전화 속의 비밀

아침부터 분주하게 지나가는 길목에
오래된 수화기 서너 개 스친다

잊어버렸던 지갑 속 기억이 되살아나고
연락두절되었던 소식 한 구절이 배달되고
누군가 만날 수 있다는 기대감이
늦은 시간을 재촉한다

오래간만에 가느다란 봄비가 내린다
총총히 내려오는 발걸음이
서둘러 문밖을 나서며 우산을 편다
물오른 매화꽃이 흔들리고 있다

홀로 커가는 나무

창가에 고만한 다육이들이 걸어 나와
하나둘 키재기를 한다

마르지 못한 옷가지가 햇살에 반짝거리고
창 너머 졸고 있는 강아지의 하품 소리
주인장의 바쁜 일상을 모른 채
빈집을 종일 누비고 있다

널브러진 삶의 조각들이
오래된 아버지의 기억을 되감으며
총총히 걸어와 신작로의 흙바람 날리고
홀연히 떠난다

봄바람 실려 오는 저녁 무렵 노을 진
그날이 아른거린다

봄의 여신

겨울잠에서 깨어난 참새들의 목소리
봄볕을 물고 시끌벅적하다

아침부터 동서남북 오가며 숲을 이루고
엄마의 손길도 아랑곳없이
찬바람 맞으며 아무도 밟지 않은
발자국을 찍는다

가느다란 나뭇가지엔
젖몽우리 같은 새싹이 꿈틀거리고
산허리에서는 봄바람이 분다

내가 숨죽어야 네가 되리

들기름을 붓고 질긴 김치와
겨울 문틈에서 만난다

불꽃이 올라갈수록
서로가 엉기지 못하고
붉은 물의 뜀박질로
제각각 궤도를 벗어나 겉돈다
가만히 불길을 내리며
죽이는 숨
사방이 고요해진다

너를 먼저 알고 나를 깨우니
온통 세상이 눈처럼
하얗다

지워지지 않는 당신

설탕과 소금을 한 주먹 넣고 얼룩진
하얀 셔츠를 삶는다

두드리고 비비며 연어처럼 오르고 내려도
둥그란 얼룩이 흘러가지 못하고
햇살에 널어 말려도
꽃잎처럼 남아 반짝거린다

장롱 속 깊은 곳에 구겨 넣어도
첫사랑처럼 꿈틀거리는
그림자 하나

919 시내버스

햇살 기우는 오후 3시경
도로가에 버스가 정차되어 있다
창 너머 보이는 등 굽은 기사님
때늦은 시간의 허기를 채운다

한여름 냉기가 흘러내리고
흔들거리는 빈 의자
수많은 사람의 오고 가는 신호음이다

비포장도로 너머
하늘 아래 코스모스길을
내달릴 919 버스

그때는 몰랐다

네모반듯한 냉장고 안에는
비밀이 있다

빛도 없는 어둠 속에서 웅크리고
밖의 세상을 기다리는
고만고만한 씨앗들
배가 만삭되어 살아가고 있다

더우면 더운 대로
추우면 추운 대로
사계절 온도를 맞추며
허리 한 번 세우지 못하고 살아가는

육 남매가 하나 되어 걸어가는 길목
느티나무 한 그루가
서 있다

그렇게 늙어간다

여름날 넝쿨에 누워 살아가는
노각 하나를 본다

폭염 속에서 말라비틀어져
살아온 시간
수세미로 문지르고 올려다본 하늘이
바다로 넘실거린다

꽃은 피고 지고
손으로 쥐어짜도 풀잎처럼 퍼덕거리는
뽀얀 속살
요양원 저녁 길목에서
노모가 허리를 펴고 있다

그녀의 손

새벽 첫차로 달려와 건네준
봉다리 하나
푸른 눈빛이 반짝거린다

여름철 땀내가 채가시지 않은
엄마 같은 그녀의 손길이
심지에서 뜨겁게 올라와
두 손을 적신다

널브러진 깻잎을 켜켜이 담으며
얼굴을 그려준 그녀의 고소한 정이
밤새 뒤척인다

소낙비 같은 사람

참았던 봇물이 터지듯
느닷없이 검은 비가 달려와
온 천하를 덮는다

덜컹거리며 내리는 굵은 빗방울
준비도 없이 나선 길 위에서
뒷모습만 바라보며 서 있다

여름을 밟고 일어선 열매가
소낙비에 미련 없이 떠내려가고
날이 갈수록 시들어가는 꽃잎
갈 곳이 없다

빗물 따라 스미는 발자국 하나
길 떠난 여름철의 하루가
물줄기처럼 길다

한여름 밤의 갈증

찌게 한 사발에
수제비처럼 떠오르는 그
껍데기는 제치고 속을 들여다본다

올리고 퍼 올려도 보이지 않는
그 심연
말간 국물이 바닥을 드러내 보이며
너와 나 가까워지고 있다는 것을
떨어져 있었던 시간만큼 붉게 떠오르고

밤새 갈망하고 목말랐던 갈증에
폭풍 같은 소낙비가 흘러내리고
해바라기처럼 웃는 둘이
마주하고 있다

뿌리는 진실이다

봄바람 따라 내린 발자국
햇볕 등지고 꼬물거리는
봄냉이가 짙다

누렇게 떠오른 얼굴이
솜털 같은 잔상을 지키며
길게 누워있다

소리 없이 따라오는 질척한 모래알
엄마의 숨결처럼 일어나
고랑 고랑마다 밟고 돌아보니
한파를 견뎌온 그림자 하나가
봄을 앞다투어
질긴 뿌리로 안긴다

바람 품 안

뜨겁던 태양도 잠시나마 순하게 돌아앉아 있을 때
어슴푸레 내리는 저녁과 함께 서서히 잠든 고요 속에서
누구인가 내 살갗을 비비고 입맞춤하고 지나갈 때

비로소 그가 바람인 것을 느꼈다
마치 사막에서 갈증을 호소하듯 태양이 우리 몸과
불덩이 되어 뒹굴고 우거진 숲이 되기까지
나는 오늘도 선 채로 끊임없이
내닫고 있을 것이다

손을 씻으며

날마다 습관처럼
두 손이 뽀드득뽀드득 소리를 낸다

작은 몸 하나가
아침부터 새벽까지
비가 오나
눈이 오나
하얀 꿈 꾸며
일 년 삼백예순하고 긴 긴 날을
거품으로 일어나 수백 번 품어주고

누워서도 방울방울 떨어져
물기 마를새 없이 살아가는 날

보글보글 물보라처럼 안기며
하나둘 별무리 되어 달려오는
엄마의 신음
수액처럼 떨어지고 있다

쫑다리를 뽑으며

겨울을 딛고 온 새싹이
햇살 받으며 걸어오고 있다

한나절 고랑 고랑마다 일어나
머리채를 뽑혀도 그 자리에서
꿈틀댈 뿐 흔들리지 않고
푸르게 들판을 흔들고 있다

발걸음마다 묻어 나오는 질척한 흙
털어내고 돌아서도 떨어지지 않는다
앞산 뻐꾹새 울음 멀어지고
두 귀에 가득
어머니 숨소리 맺힌다

자전거를 타는 남자

하늘도 아슴아슴 무채색인 날
콧수염 휘날리며 십 리를 단숨에 달려온 그 남자
목소리가 자전거 페달처럼 힘차다
금세라도 찬 공기가 밀려오는 듯
축 처진 풀꽃도 다시 일어난다

질끈 동여맨 두통도 잠시 멈칫
가슴 한켠으로 회오리가 돈다

문이 열리고
자전거를 타는 남자는
해걸음 속으로 사라지고 만 것일까
태양을 등지고 싶어서
하얀 포말 속으로 숨어버린 것일까
다시 떠오를 태양을 향해서

길을 나선다
마음속 풍랑이 고요해진다

밤에 피는 꽃은 붉다

비바람이 지나가고
폭염 속에서 밤새 내린 열꽃

그리운 아버지

어디선가 뚜벅뚜벅
혼미하게 들려오는 소리
오직 당신만의 소리
누구도 들을 수 없는
오직 당신의 그늘진 소리
그 소리를 듣습니다

마디마디 굵은 손
검은 손
마다하지 않으시고
매일이면 매일 같이 아침을 울리는
기침 소리 들어본 적 까마득한 세월

오늘은 오실까 내일은 계실까

종일 기다리다 지쳐서
이제야 당신이 좋아하시는
밥상만이 공간을 채우고 있는

둘러보아도
불러 보아도
대답 없는 당신이시여

복숭아 그늘에서

무지갯빛 머금은 너의 고운 자태에
마음 한 조각 뚝 떨어뜨려 본다

한 입 베어 입안 가득
너의 숨소리에 기대어 있다 보면
가슴속 깊이 피어오르는 아련한 추억

손끝에서 만져진다
한 번쯤 너의 붉은 가슴에 살포시
안겨보고 싶다

눈길조차 차마 흘릴 수 없어서
앉은자리 벗어나 유유히 걷고
또 걸었다

서산마루에 걸려있는 노을처럼
첫사랑의 마음조인 설렘처럼
젖몽울 같은 추억 부풀어 오른다

당신은 누구시길래

산지에서 도착한 포장 꾸러미가
와르르 쏟아진다

어젯밤 이슬도 채 가시기 전에
싸매고 싸매서 단단히 묶은 매듭이
도착하자마자 쏟아진다

풀어도 풀리지 않을 매듭이었는데
오르지도 흘러내리지도 못하고
멀어질수록 풀 향기 가득한
만질수록 가시로 남아
긴긴 여름밤을 새우고 있었는데

눈을 감아도 떠오르는 샛별처럼
와르르 쏟아져 푸르게 푸르게
손을 흔들고 있다

가을을 탄다

해는 반쯤 기울고 동서남북 바람이
몰고 온 마지막 같은 가을날
비가 줄을 긋는다

하나둘 떨어지는 금쪽같은 삶의 부스러기
손끝으로 그러모아도
붙잡을 수 없는 세월의 파편이
길도 없는 길에서 구르고 있다

집으로 돌아오는 발길에 새들은 떠나고
빗금 치며 쏟아지는 갈잎
넘어지고 까무러쳐도
오늘 같은 가을 숲에 빠지고 싶다

다시 올 수 없는 그 시절

산 너머 골짜기 두 개의 솥단지가
나란히 앉아있다

새벽이면 달빛 타고 내려오는 목소리
까만 무쇠솥 끓어올라도
가슴 속으로 내려앉아 숨 물처럼 떠오르고
불쏘시개 휘저어 보아도 재가 되어
가을 저녁 그림자로 남는다

솥뚜껑 위로 흘러내리는 뜨거운 물줄기
닦고 쓸어내어도 흘러내리는

저녁해가 가고 저물어갈수록
붉은 덩어리가 뭉클하다

눈물 같은 바람이 분다

시퍼런 바람을 몰고 온 대나무숲
가을 끝에서 밤새 웅성거린다

별빛 같은 양식이 하나둘 떨어지고
해 저무는 줄 모르는 아이들은
오색마당으로 내려와
붉게 타오르고 있다

두 팔 벌린 노랑 길 위에서
봄날은 떠나가고
칼바람 불어오는 서늘한 저녁
옷깃 여미는 눈물 같은 바람에
먹어도
뒤돌아보아도
허기가 진다

밤에 피는 꽃은 붉다

비바람이 지나가고 폭염 속에서
밤새 내린 열꽃

만지고 뒤척일수록
부풀어 오르고
손끝마다 피가 맺힐수록
뿌리를 내리고 있다

밤이 깊어가며 참아내는 신열
시간이 가며 고요해지는 마음
바람이 걷히고 아침 해가 떠오르는

밤에 피는 붉은 반점이 온몸에 퍼져
나리꽃을 피우고 있다

비바람이 불어온다

밤새 폭풍우가 홍수로
온몸을 휘감는다

잔가지 꺾여 오르고 내려도
고목처럼 쪽빛 하늘 바라보며
외발로 오롯이 서 있다

길모퉁이에서 비바람 등지고
밤새 두 손 모아 피워낸 배롱나무꽃
여름 끝에서 구름처럼 건너와
발갛게 타오르고 있다

비 맞은 비둘기 한 마리
비상을 꿈꾸고 있다

7월의 손

칠월이 오면 바다가
호박잎처럼 넝쿨째 내려와
온 세상을 덮는다

거칠고 투박해도 한 잎 두 잎
돌돌 말아 입 안 가득 쏘아 올리고
봉당에 앉아 푸른 하늘 올려다보면
의자 같은 당신

세월이 흘러가면 갈수록
호박잎 같은 손으로 다가와
소나무 그늘로 찾아드는
사계절

7월의 밥상은 먹어도
뒤돌아보아도
문밖에서 서성이듯
허기가 진다

눈 감으면 떠오르는

하얀 백지 위에
와인 한 방울이
보랏빛 자국을 동그랗게 남긴다

오랜 시간 말간 물에 흔들리고
등 떠밀어도 수면 위로 떠오르는
지워지지 않는 꽃잎
바람결에 하늘가로 말아 올려도
오르고 내리며 맴돌고 흔들리는
물결 같은 첫사랑

한여름 밤 방울방울 피어나
외로운 섬처럼 우뚝 선다

감자꽃

모퉁이 돌아서면
송이송이 불타오른다

사계절 그 자리에서 세상을 밝히며
날마다 한 뼘씩 뻗어가는
노랗게 짓무르다 피워낸 보랏빛 향기
열매로 충혈되어 반짝거린다

돌아보고 뒤돌아보아도 손 흔드는
불러 보면 뻐꾸기 소리 멀어져 가는
지워지지 않는 푸른 발자국
해 질 녘 골목에 서 있는 어머니

죽는 날까지 꽃으로 피어나다

산골짜기에서 하나둘 잎새가 내려와
봄볕을 먹는다

꽃도 피지 못하고
향기도 없이 살아온 시간 속에서
찔레순 같은 발자국 남기고 떠나가는
씹으면 씹을수록 가슴으로 내리는
물줄기가 동그랗게 맺힌다

밤마다 말 못 할 사연을 그리며
죽는 그날까지
달맞이꽃을 피운 어머니

봄비

어제
참았던 무거운 체증이
가는 비로 내린다

내리면 내릴수록 세차게 달려와
안기는 꽃잎
하나둘 가슴으로 떨어지는 빗방울
담을 넘는다

찬바람 뒤로하고
겨울강을 건너온
복수초를 바라보며
내리는 봄비

누굴까

하루의 그림자를 찾아주는 카톡
밤새 그 그림자를 지우며
손바닥에 올려놓는다

아장아장 오고 가는 꽃잎처럼
금세 세상이 대낮 같고
굳게 닫혔던 창문이
비스듬히 열린다

보이지도 않는 울림이
하늘을 오가며
은하수처럼 내린
발자취는 누굴까

한줄기 비가 되어 내린다

담 너머 온
호박잎 두서너 잎을 따다가
문뜩 떠오른 그림자

만지면 만질수록 덮쳐오는 그림자
손바닥이 갈라지고 하얗게 일어나
마음으로 들어오는 엷은 바람
오래도록 포옹한다

세월이 가면 갈수록
짙어만 가는 그림자가 길게 늘어진
여름날
뒤돌아보기만 해도 허기진다

무심천변은 마음의 고향

소금 뿌리듯이 내리는 폭염 속에서
무심천변을 따라 걷는다

풀숲 따라 달려오는 꽃들의 웃음소리
햇살에 반짝거리고
냇물에 첨벙거리는 물고기 눈망울
한여름 밤을 시원하게 해주며
옛동무들 얼굴을 상기시킨다

푸름이 더해가는 초여름날엔
바람 불어와 꽃그늘 펼쳐
오고 가는 발걸음 더해
폭염도 날리는 냇물처럼
희망을 부른다

사계절 비가 오나 눈이 오나
배롱꽃처럼 노래가 피어나는
무심천변은 마음의 고향 같다

마음을 들여다본다는 것

다급하게 부음 같은 전화 소리가
길게 울린다

익숙한 목소리가
땅바닥에 떨어지기도 전에
하얀 손이 건네는 오색 무지개
한 줄의 시처럼 반짝거린다

홀로 가는 길목에
함께 걸어간다는 것
아픔을 나누어 준다는 정이
식을 줄 모르고 샘물처럼
깊어만 가고 있다

정

날마다 오고 가는 일상처럼
낮과 밤이 한 치의 오차도 없이
개울 앞을 지나가고 있다

가늘게 수화기 너머로 들려오는 목소리가
목덜미를 감으며
잘 갔다는 안부와 잘 있으라는 뒤 마디가
천지를 덮는다

보이지 않는 물줄기가
수화기 등 뒤에서 빗물로
떨어지고 있다

해가 갈수록
저녁노을은 불타고

땅에서 꽃을 피워 날리는
고운 두 손
떨어진 촛농으로 못다 한 사연을 그린다

떨어져도 꽃은 꽃이다

바람이 풍경화를 그리며
가을 끄트머리에서 전시 중이다

땅에서 꽃을 피워 날리는
고운 두 손
떨어진 촛농으로 못다 한 사연을 그린다

해가 갈수록 저녁노을 불타오르듯
시간이 갈수록 향기 내린다

돌아와 앉아도 온몸이 감전되어
떨어지고 휘날리는
꽃은 꽃이다

둘이 하나 되기까지

무더위도 잊은 채 가마솥에서 보글보글
끓어오르고 있다

끓이고 퍼 올릴수록 물과 기름처럼
섞이지 못하고 홀로 떠도는
서로를 헤아리지 못하고 끓어 넘치며

달려온 시간이
여름밤 문밖에서 서성거린다

한참을 끓어오르며 거품을 내뱉고서야
천천히 엉기며 몽올 몽올
둘이 하나 되어 걸어가는 연꽃처럼
수줍게 피어나고 있다

살구나무 그늘에서

바람 불어 흔들리는
살구나무 그늘에서
올려다본 하늘은 회색빛이다

바라보면 볼수록 홀로 남아
손가락 헤아리며 꿈꾸는 아이처럼
기다리는 시간은
알알이 쏟아져 내린다

밤이 깊어갈수록
꽃은 지고 강물은 불어 넘쳐
노랗게 짙어가는
살구나무 아래 서면
끝없이 달려오는 옛 그림자

가식으로 살아온 날

겹겹 미세먼지로 살아온 긴긴날
물속 깊이 구겨 넣는다

흔들면 흔들수록 하얗게 떠오르는
검은 물이 썰물처럼 떠내려가고
날마다 가식으로 살아온 날들이
두꺼운 허물을 벗고 하나둘 일어나
아침을 맞이한다

화장으로 덧칠하며 살아온 세월 앞에서
앞다투어 피어나는 노랑 웃음이
햇살처럼 반짝이는 봄볕보다 따습다

행주

머리 풀고
물속을 헤엄치며 살아가는
삼백예순 하고 긴긴날
사계절 물기 마를 새 없이
네모 반 듯 젖어야 눈처럼 환해진다

굽은 허리
한번 펴지 못하고 아우성이다

겨울밤
젖어 흐를수록 맺는 물방울에
소리 없이 찾아오는
어머니

가을은 만찬이다

낙엽 한 줌만큼도 흥정되지 않는
가을 저녁이다

양은그릇에서 엉기는 밥알들이 한 몸 되어
밀어내도 끈적이게 안기는 건건이를 걸치고
낙엽처럼 말아 올리며
가을하늘 탄다

마주하는 눈빛이
햇살보다 맛나고 달빛처럼 그윽한
오색마당에 앉아
가을날을 휘날리는 만찬이다

세탁기 앞에서

날마다 문틈을 오고 가는
삼복더위에도 그 자리에서

천사의 옷 벗어 던진 채
온갖 오물을 뒤집어쓰고도 모자라
쉼 없이 돌고 돌아가며
하얀 이 드러내고
모퉁이에서 서성인다

송골송골 땀방울이 바람에 날리고
방울방울 떨어지는 보랏빛
여름날 밤 찾아오는
냉국 같은 어머니

가을밤

한 해 하고도 반년을 달리며
살아온 시간이 가을비에 젖어 든다

만지면 밤송이로 뒤엉킨
두 눈을 감고
걸어온 발자국을 돌아보면
싱싱하게 찌른다

끝이 보이지 않는 길에서
코스모스처럼 흔들리면서도
쉼 없이 휘파람을 불고 있다

5월의 밥상

소나무 사잇길로 희끄무레한 송홧가루가
황사처럼 내린다

멀리서 달려오는 5월이
손에 잡힐 듯하면서 멀어져가고
눈감아도 밀려오는 여름날의 빗줄기처럼
오월의 가슴을
소리 없이 적시고 있다

세월의 등나무 휘감고도 모자라
누군가를 기다리며 늙어가는
소나무 한 그루가
여름밤을 서성이고 있다

삭제된 메시지

이른 아침
눈 내린 발자국 따라가면
누구일까 되묻는다

물음표를 던지면
그림자도 없이 꼬리를 물고 뒤따라와
새처럼 창공을 휘저으며
마침표를 찍는다

기다림으로 침묵하는 첫눈 같은
봄꽃들이 달려와
구름처럼 밀려와
밤새 출렁거린다

골목길의 추억

하나둘 개울을 지나 후미진 골목길
낡은 간판이 덜커덕거리고
늙은 대추나무가
30년 세월을 돌아 가득 채우는 골목길
모퉁이 돌아서면 야트막한 보금자리가
시간의 담을 넘고 있다

바람 불어오면 날아가는 양철지붕
빗물로 내려앉아 기울어 가고
그 시절의 연탄재가 푸석거리고 있다

시누와 올케 사이

추석도 아니고 때도 없이 찾아오는
각양각색 송편을 빚는다

솔가지를 넣고 손꼽아 기다리는 시간이
떨어져 있는 물줄기만큼 흐르고
만질수록 온몸을 적셔
진득한 솔향으로 남는다

돌아보고 되뇌어 보아도
손끝에 끈적이는 잔솔로 남아
가을 햇살처럼 익어간다

세월은 물 위를 달린다

고속버스가 오색 단풍을 물고
쏜살같이 내달린다

힘차게 달려갈수록 펼쳐지는
빛바랜 추억의 페이지가
그림자로 낱장을 남기며
자동차 바퀴처럼 돌아
가을 햇살 아래 부서진다

저녁노을을 달리는 시간이
느린 발걸음으로 비틀거리고
내일을 꿈꾸는 소녀는
두 손 모은다

아버지를 닮았다

오월 마당 끝에서
햇살 같은 목소리가 쏟아진다

하늘 아래 모내기는 넘실거리고
마늘밭을 타고 오르는 소복한 메밀꽃은
5월이 가기 전에
손끝에 달려와 안부를 묻는
아버지의 발자국을 끈적이게 파낸다

세월이 흘러가도
담 너머 오고 가는 길에서
등대가 되어주는 메밀꽃
6월을 부르는 낮은 휘파람 소리
아버지를 부르고 있다

겨울비

안개비가 새벽을 타고
시간도 없이 내린다

내리면 내릴수록
동그란 물방울이
발등을 찍는다

길 위에
홀로 떨어지는 노랑 발자국
밤새 뒤척이고 있다

지워지지 않는 꽃

날마다 한 뼘씩
붉게 피운 꽃
밤이 깊을수록
가시로 남는다

만질수록 일어나
뿌리내리지 못하는
사라진 그림자 밟으며
우두커니 서 있다

소리 없는 느티나무가
흔들리고 있다

욕심

달래 냉이 쏨바귀 푸성귀들이
저녁 골목으로 들어오고 있다

도톰한 살점을 둥글게 말아 올리고
하나둘 햇살을 주고받으며
5월 초록 하늘을 벗 삼아
사계절 양식을 먹는다

밤새 뱃속이 천둥을 치며
쓴 물이 썰물처럼 빠져나가고
좁쌀만 한 하얀 물이 똑똑 떨어지고
고요한 새벽이 오고서야
하루가 밝아오고 있다

그리움 한 사발

담 너머로 들어오는 고소한 콩물이
한강이 되었다

걸어가고 뛰어가도 앞질러 따라와
눈 위에 하얀 지도를 그리며
하나둘 솜털 같은 발자국이
옛 그림자 되어 눕는다

붉은 해처럼 떠오르는 새해 첫날
싸락눈이 되어 내리는 눈발이
내 눈앞에 달려와 밤새도록
진을 치고 있다

마음을 들킨 하루

구석진 곳에 등 굽은 우산이
아침을 동그랗게 말아 올린다

녹물로 숨죽이며 살아온 날들이
빗줄기 되어 두 뺨으로 흐르고
하나둘 발아래 내려앉은
지나온 발걸음이 마주한다

주머니 속 꼬깃한 마음 하나가
얼음 밑 강물로 떠내려가고
계절을 뛰어넘은 매화꽃 한 송이
봄을 쓸고 있다

나의 그림자

손바닥 정도 되는
간이역 같은 분식집에
쪼그리고 앉아
동화 속으로 빠져있는 아이

분주한 삶의 고갯마루
엄마와 아이 대화가 단절된
벼랑 끝 같은 지난날이
소낙비처럼 달려와
발등을 찍는다

물기 서린 꼬마김밥이
늦은 저녁을 서늘하게 밀고 들어와
추위와 허기를 잊은 날

여름 끝에서

길가에 매미가 누워있다

날마다 폭염으로 땅 꺼지듯이
울던 긴긴날
붉은 눈물 자국 위로
하얀 나비 되어 날아가고
빗줄기는 하염없다

겨울 가고 여름 끝에서
잠시 머물다 가는 생

홍시

하늘 아래 바람 불어와 불꽃이
핏물처럼 진하다

푸르고 젊은 날엔 허공을 가르며
날마다 놓은 수
붉게 꽃피고 열매 맺힌 자리에서
햇살 같은 날들이 저물어간다

곱게 영글어 갈수록 고개 숙이는
피고 지고 손짓하며 내려앉아
사랑의 꽃물이 단풍처럼 뭉클하다

모내기

연둣빛 자욱한 오후
차창 밖 백미러로 보이는 세상
5월이 익어가고 있다

하늘 아래 바둑판처럼 보이는
하나둘 줄을 세우고 당기며
흩어진 마음의 갈피를 햇살 아래
촘촘하게 심는다

고랑 따라 움직이는 투박한 손길이
아득한 시간을 말해주고
저녁노을이 되어 따라오는
아 버 지

그 향기

도화지 위에 비릿한 풀 내음
오월 뜨락에 총총히 내려와
그리움 삼킨다

먼 길 떠나 걸어온
아카시아 향기
사잇길에서
그림자 하나 남기고 흩어진다

푸르러 가는 서늘한 저녁
미동도 없이 떠나가는
바다 너머 그 향기

한고비 너머 찾아오는

태풍이 서너 번 지나가고
일어서는 가을 하늘

몸서리치게 할퀴고 넘어질 듯
한고비 넘기고 붉은 반점 맺혀
살아가는 생

한 계절을 보내고 맞이한다는 것
밤새 몸을 후비고 지나가야
샘물 같은 하늘이 보인다

발아래 가을 햇살 쏟아지고
달빛은 차오르고 있다

그리움은 흰 꽃이고
보고픔은 붉은 열매다

-『그늘진 언덕에도 꽃이 핀다』

증재록

(한국문인협회 홍보위원)

그리움은 흰 꽃이고
보고픔은 붉은 열매다

-『그늘진 언덕에도 꽃이 핀다』

증재록

(한국문인협회 홍보위원)

1. 산딸기 향은 엄마 냄새다

연(蓮)을 좋아한다며 연꽃향을 은은하게 피우는 미소가
봉오리 진다. 날은 지나가고 새로이 다가와 돌아보는 그
날, 하늘 땅 모두에서 오직 하나인 엄마와 하얀 손수건을
날리고 난 후 꽃구름만 보면 눈가를 적신다. 질척한 눈
물 털어내자고 등불 달리는 고향을 바라보며 은은한 산
딸기 향내로 보고파 사랑하는 엄마를 그리는 시인, 살아
간다는 거, 다 그런 거, 봄이요 여름이요 가을이요 겨울
따라 기온에 맞춰 사는 거, 철철이 철 들자고 철을 맞으
며 입술 물고 속 풀며 사잇길에 돌덩이 하나 치운다. 은

은하고 은근하고 야단스럽지 않아 조심스러우면서도 정
서적 흥취가 깊고 그윽한 심상 그런가 하면 슬기로워 슬
슬 서두르지 않고 가만가만 슬렁거리는 마음씨가 미덥고
슬거운 서정을 조심스레 펼치는 시인, 그의 시명 '은슬'을
부르며 시적 소재를 따듯하게 감싼다.

　은슬 시인은 비단 폭 펼치는 강줄기 따르는 옥천에서
서정이 짙은 엄마를 안았다. 머릿발 따라 봄바람에 실려
달려가는 거기, 꿈길 같은 거기에 엄마는 늘 계셨다. 안
개 같은 뿌연 정이 눈을 어루만져 산딸기를 치마폭에 싼
채 발그랗게 떠난 엄마, 솟아오르는 불길로 비단 강물 녹
인 산딸기 한 알을 안고 그리움을 삭인다. 그리움은 붉고
보고픔은 뜨겁다. 한 살 두 살 나이테로 돌려 감고 그 테
마다 질기게 감기는 엄마를 그리며 아닌 채 웃는다.

　시의 모태는 엄마다. 미소의 깊이에는 엄마가 뿌린 산
딸기가 살살 살을 간질이듯 그러다가 터지는 웃음에 눈
물짓고 앞길을 촉촉하게 보여준다. 머리칼이 살살거리며
자릿자릿 살을 스치는 결을 감지한다. 그사이에 알 듯 모
를 듯 피어나는 웃음기, 살짝이 솟아난 눈썹을 흔들듯 은
은하게 슬그머니 트는 시심의 은슬, 꽤 많은 눈물도 보
였던 날이 차곡차곡 갈피를 연다. 잊어버린 듯 모르는 채
지나간 날이라고 해도 그날은 그 자리에서 그대로 훌쩍
이며 자리를 지킨다. 일상 체험에서 얻은 시재를 상상으
로 높고 넓게 펼쳐 깨우침에 이르는 이미지를 찾는다. 그
늘진 곳에서 피는 꽃의 색깔이 더 진하다.

2. 내가 나를 돌아보는 길

초침을 바라보며 촉급하게 날을 세우고 달렸던 지난날이 허망한 듯하다. 철저하게 시간을 잡으며 헤친 오늘을 재보면 뜻한 대로 열린 길을 따라가 주지 못한 발, 종점에 이르지도 못하고 출발점을 돌아본다. 질서를 지키는 걸음은 고난이다. 비뚤어진 길의 묘한 유혹은 자아의식에서 이탈하고 내가 나를 돌아보는 길은 직진의 숨 가쁜 현실이었다. 모습은 보이지만 만남은 거리가 있었다. 뒤늦게 찾은 쉼터엔 그림자가 찰싹 달라붙어 눕고 있었다.

폭염 속 만삭으로 뒤뚱거리며
정자에 걸터 앉아
반달 같은 열매 한 입 베어 물었다

폭염처럼 익어가는 붉은 몸을
볼수록 빛을 발하는
감로수 같은 빗줄기
단물로 흥건하다

통통 부어오른 모성애의 젖가슴
첫사랑 같은 설레임 다가와
멀리서 바라만 보아도

입안에 침이 고여
오래도록 꿈틀거린다

-「첫눈에 반하다」 전문

어디서 많이 본 듯한 그보다도 만난 듯한 친숙함이 있
어. 반한다는 건 마음을 홀려서 끌어당긴다는 거, 무엇일
까? 입 안에 침이 고이도록 설레게 한 모성, 푸근하게 젖
어 들어 그리움을 흥건하게 한다. 오늘 내 존재를 자각하
는 것은 살아온 역경의 과거 위에 내일의 희망을 피우기
때문이다. 내다볼수록 펼쳐지는 새로운 풍경, 한시를 다
그치며 뛰었던 날이 유장한 세월 속에서 허무를 알려준
것은 몸의 아픔이 다가오면서다. 단물은 폭염에 끓어 졸
아든다.

어젯밤 못다 한 일들이 이른 아침을
부산하게 깨운다

부엌에서 끓이고 볶고도 모자라
아침부터 동동거리며 숨차게 오고 가는
어제와 같은 밥상을 그리며
부서진 마음까지 올려놓고
오늘 하루 나를 위한 밥상을 차린다

아카시아 흩날리는 오후 한나절
하얗게 쏟아져 내리는
어 머 니

-「나를 위한 밥상을 차리며」 전문

밥은 오늘을 일구는 생명이다. 동동거리며 사는 나날
이 먹고 자는 일상의 여정이다. 특별히 설명이나 설득 없
이도 밥상 차리기엔 분주한 삶의 기본에 충실한 표정이
그려진다. 꿈길로 빛나는 아침과 그리움 진 추억을 부르
는 저녁에 엄마가 떠올라 헤어지고 만나는 사랑의 구절
을 담는다. 엄마에 대한 그리운 풍경을 만들어내는 의식
이 조리하게 차려낸 밥상으로 변용된다. 정성과 사랑이
담뿍 담기는 밥상, 밥상에서 엄마를 만난다.

뜨겁던 태양도 잠시나마 순하게 돌아앉아 있을 때
어슴푸레 내리는 저녁과 함께 서서히 잠든 고
요 속에서
누구인가 내 살갗을 부비고 입맞춤하고 지나갈 때

비로소 그가 바람인 것을 느꼈다
마치 사막에서 갈증을 호소하듯 태양이 우리 몸과

불덩이 되어 뒹굴고 우거진 숲이 되기까지
나는 오늘도 선 채로 끊임없이
내닫고 있을 것이다

-「바람 품 안」 전문

보이지 않는 것 그가 다가와 흔드는 것, 바람은 어떤
간격과 거리도 없이 품 안으로 스며든다. 마음을 가장 세
게 흔든다. 바람은 나와 하나가 되어 강한 생명력을 일구
면서 정직하고 담백한 걸음걸이로 올바른 길을 향한다.
정신적 그림을 그리면서 색을 칠하며 이야기를 접목한다.
불덩이 같은 사랑을 하고 숨 가쁘도록 달리는 인내의 하
루를 투명하게 헤친다. 오늘의 일과가 갈증을 주지만 자
신을 풀어나갈 수 있는 용기가 있어 소박한 꿈을 투명하
게 펼친다.

비바람이 지나가고 폭염 속에서
밤새 내린 열꽃

만지고 뒤척일수록
부풀어 오르고
손끝마다 피가 맺힐수록
뿌리를 내리고 있다

밤이 깊어가며 참아내는 신열
시간이 가며 고요해지는 마음
바람이 걷히고 아침 해가 떠오르는

밤에 피는 붉은 반점이 온몸에 퍼져
나리꽃을 피우고 있다

-「밤에 피는 꽃은 붉다」 전문

　사랑을 향한 거리를 좁히면서 뜻을 이루기 위한 갈망
은 열꽃으로 핀다. 밤새 그리움에 이루지 못하는 잠, 뒤
척일수록 다가서는 형상은 열을 올리며 찐득한 몸살을
낸다. 겨우겨우 사랑에 다가가 합일할 때 날은 새고 온
몸에 피어나는 붉은 꽃, 빛으로 남는다. 나리꽃에 영감을
피워서 관념을 엮어나가며 그리움을 변형시킨다. 자유스
러운 상상력엔 체험의 시적 구성이 있을 것이다. 상상력
은 상황과 경험이 맞물려 표현의 가교로 시적 생명을 구
하게 된다.

바람이 풍경화를 그리며
가을 끄트머리에서 전시 중이다

땅에서 꽃을 피워 날리는
고운 두 손
떨어진 촛농으로 못다 한 사연을 그린다

해가 갈수록 저녁노을 불타오르듯
시간이 갈수록 향기 내린다

돌아와 앉아도 온몸이 감전되어
떨어지고 휘날리는
꽃은 꽃이다

–「떨어져도 꽃은 꽃이다」 전문

 피면 지고 지면 다시 돌아가는 길에서 휘날린다. 한 생
의 마지막 환희일 듯, 낙화의 거리는 춤을 출 수도 있고
눈물을 흘릴 수도 있다. 맺고 피고 떨어지기까지의 거리
를 재는 초점이 감정을 분출한다. 자기를 되돌아보며 순
진무구한 마음으로 시적 진실을 추구할 때 감정을 곰삭
힌다. 떨어지는 꽃은 아픔을 견디는 삶의 환희고 위대한
승리다. 소용돌이치는 세상에서 존재한다는 건 정신의 맥
박을 이어가는 소생이다. 불타는 건 이내 사라질 저녁노
을이다.

3. 무심에서 찾는 동그란 길

　은슬, 은은한 슬기의 시인이라고 불렀다. 말없이 향긋한 듯 미소가 은근하다고, 또 하나 뜻을 붙인 게 슬슬 잘 굴리며 세상을 맞으라고. 그때부터 은슬 시인은 아침엔 은근한 햇살을 맞고 저녁이면 석양 길에서 무심천을 거닐며 고향을 본다.

　고향, 비단 물결 반짝이는 강변 모래벌판이 유난하게 뽀얗었다. 요즘도 그러려나 가끔 돌아가 보면 그때의 그림은 아니더라도 그때의 굴렁쇠 놀이는 쟁쟁 울려 퍼진다. 모래밭에서 굴렁쇠는 엄마 아빠가 되어 많은 걸 알려 주었다. 쓰러지지 마라. 힘을 바르게 써라. 달리는 속도를 일정하게 하라. 곁을 흐르는 물결에서 가끔 들려 나오는 엄마 아빠의 목소리가 파란 물살 위를 스치고 지난다. 이제 초여름 산딸기 계절이다. 굴렁쇠를 따라 돌아 나오는 기억엔 엄마의 목소리 쟁쟁하다. 만이야! 순이야! 잘 살아라! 아프지 말고 수백 번도 더 듣는 아프지 말라는 그 단순한 듯 깊은 말에서는 참고 참은 눈물이다. 세상의 지혜와 덕을 모두 눈물에 담는다. 오늘도 비단강의 반짝이는 윤슬과 산비탈에서 보석처럼 빛을 내던 산딸기가 강변을 돌아가는 굴렁쇠로 지난날을 돌린다.

　순아! 순이야! 순아야! 아마도 동심으로 비단 물결친 그때는 그렇게 불렸던 이름이 들려온다. 순하디순한 그 이름에서 만이로 까탈스럽기도 했지만 앞장서야 하는 그 시절에 비단을 펼치는 물결은 마음을 출렁거려 시심을 키

웠다. 그게 오늘의 고난과 아픔을 헤치게 하고 위로를
준다.

  엄마야! 아빠야! 그 소리만으로도 눈물 글썽이고 그렇
게 만난 시, 요즘은 맘껏 뛰질 못해 더 보고파 엄마야! 아
빠야! 산딸기도 다 져서 이제는 영영 꽃도 피지 않아 슬
프지만, 그리움 담은 시심은 산딸기처럼 열매 맺어 시집
『그늘진 언덕에도 꽃이 핀다』를 안고 엄마 아빠께 바치러
고향 산딸기밭을 간다.

그늘진 언덕에도 꽃이 핀다

김희순 지음

발행처   도서출판 **청어**
발행인   이영철
영업   이동호
홍보   천성래
기획   남기환
편집   방세화
디자인   이수빈 | 김영은
제작이사 공병한
인쇄   두리터

등록   1999년 5월 3일
         (제321-3210000251001999000063호)

1판 1쇄 발행 2023년 9월 20일

주소   서울특별시 서초구 남부순환로 364길 8-15 동일빌딩 2층
대표전화 02-586-0477
팩시밀리 0303-0942-0478
홈페이지 www.chungeobook.com
E-mail   ppi20@hanmail.net

ISBN   979-11-6855-184-8(03810)

충청북도 충북문화재단
이 책은 충청북도 충북문화재단의 후원으로
2023 예술창작활동 지원사업 공모전 선정으로 지원받아 발간되었음.